好長好長的貓媽媽

Q-rais 著　Higuchi Yuko 繪

黃惠綺 譯

小貓的媽媽
是　身體很長很長的貓咪。

長到連尾巴都看不到。

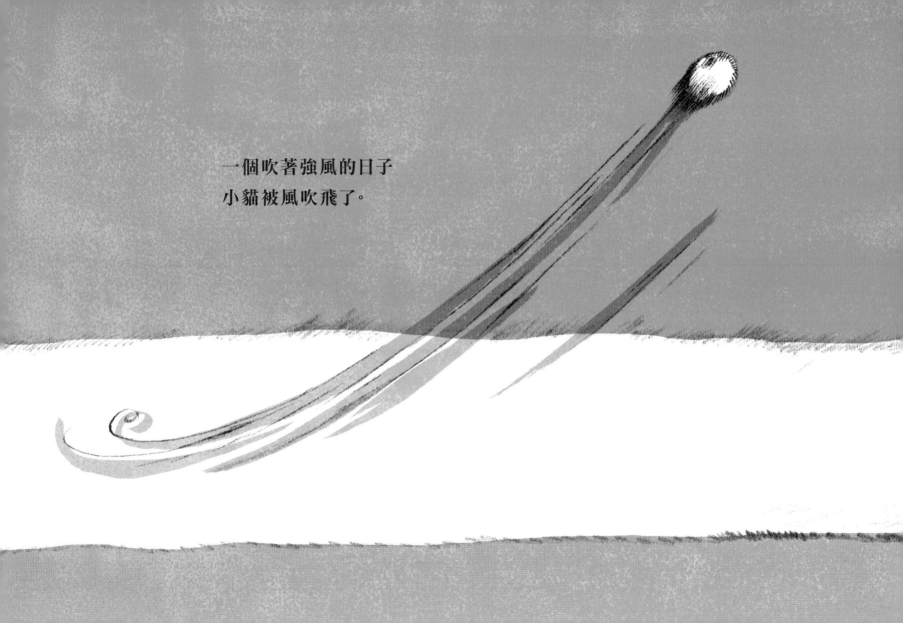

一個吹著強風的日子
小貓被風吹飛了。

飛啊飛啊
　飛啊飛啊

　　一直飛到好遠。

回過神來才發現
被風吹到媽媽的尾巴那裡了。

小貓往媽媽的臉前進。

聽得到媽媽的聲音是在很遠的地方。

打起精神　不斷的　往前奔跑。

偶爾也休息一下。

還是沒看到
媽媽的臉。

即使看不到　也要繼續往前跑。

先在這裡吃午餐，
向媽媽討奶喝。

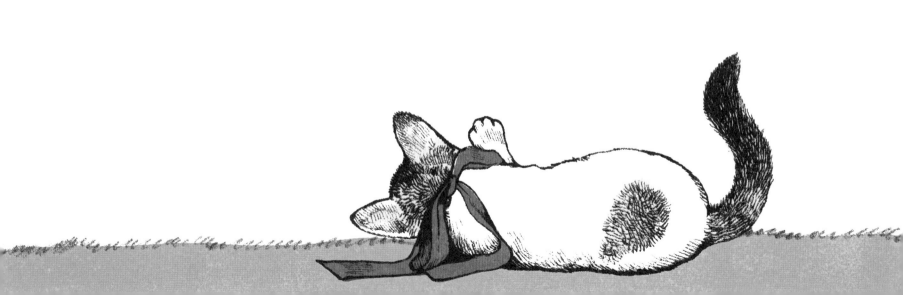

媽媽的聲音　聽起來比剛才大聲了。
小貓馬上跑起來。

喵啊——

貓媽媽
非常擔心小貓啊。

只是小貓已經累壞了。

天也黑了
忍不住哭了起來。

哭到累得　睡著了。

貓媽媽伸出長長的尾巴
抱起小貓
溫柔的　輕輕的

就這樣，將小貓
帶回貓媽媽的臉了。

小貓醒過來後
看到媽媽了。

「小貓很努力哪。」
貓媽媽舔了舔小貓。

然後　貓媽媽
捲起她長長的身體
將小貓包起來
一起睡覺。

小麥田繪本館 6
ながいながい ねこのおかあさん
好長好長的貓媽媽

作　　者　Q-rais
繪　　者　Higuchi Yuko（ヒグチユウコ）
譯　　者　黃惠綺
原版設計　名久井直子
封面設計　莊謹銘
美術編排　江宜蔚
主　　編　汪郁潔
責任編輯　蔡依帆

國際版權　吳玲緯
行　　銷　闕志勳 吳宇軒 余一霞
業　　務　李再星 李振東 陳美燕
總 編 輯　巫維珍
編輯總監　劉麗真
發 行 人　涂玉雲
出　　版　小麥田出版
　　　　　10483 台北市中山區民生東路二段 141 號 5 樓
　　　　　電話：(02)2500-7696 ｜ 傳真：(02)2500-1967
發　　行　英屬蓋曼群島商家庭傳媒股份有限公司
　　　　　城邦分公司
　　　　　10483 台北市中山區民生東路二段 141 號 11 樓
　　　　　網址：http://www.cite.com.tw
　　　　　客服專線：(02)2500-7718 ｜ 2500-7719
　　　　　24 小時傳真專線：(02)2500-1990 ｜ 2500-1991
　　　　　服務時間：週一至週五 09:30-12:00 ｜ 13:30-17:00
　　　　　劃撥帳號：19863813　戶名：書虫股份有限公司
　　　　　讀者服務信箱：service@readingclub.com.tw
香港發行所　城邦（香港）出版集團有限公司
　　　　　香港九龍九龍城土瓜灣道 86 號順聯工業大廈 6 樓 A 室
　　　　　電話：852-2508 6231
　　　　　傳真：852-2578 9337
馬新發行所　城邦（馬新）出版集團 Cite(M) Sdn. Bhd
　　　　　41, Jalan Radin Anum,
　　　　　Bandar Baru Sri Petaling,
　　　　　57000 Kuala Lumpur, Malaysia.
　　　　　電話：+6(03) 9056 3833
　　　　　傳真：+6(03) 9057 6622
　　　　　讀者服務信箱：services@cite.my

麥田部落格　http:// ryefield.pixnet.net
印　　刷　漾格科技股份有限公司
初　　版　2021 年 8 月
初版三刷　2024 年 2 月
售　　價　340 元
版權所有 翻印必究
ISBN 978-957-8544-86-4
本書若有缺頁、破損、裝訂錯誤，請寄回更換。

Nagai nagai Neko no Okâsan
© Q-rais, Yuko Higuchi 2020
All rights reserved.
First published in Japan in 2020 by HAKUSENSHA, INC.,
Tokyo
Traditional Chinese translation rights arranged with
HAKUSENSHA , INC.
through Japan Foreign-Rights Centre/Bardon-Chinese
Media Agency

國家圖書館出版品預行編目資料

好長好長的貓媽媽 /Q-rais 著；Higuchi Yuko 繪；黃惠綺譯. --
初版. -- 臺北市：小麥田出版：英屬蓋曼群島商家庭傳媒股份
有限公司城邦分公司發行, 2021.08
　面；　公分 . -- (小麥田繪本館　；6)
譯自：ながいながいねこのおかあさん
ISBN 978-957-8544-86-4 (精裝)

861.599　　　　　　　　　　　　　　　　110008054

城邦讀書花園
www.cite.com.tw
書店網址：www.cite.com.tw